LA BELLE
AU BOIS DORMANT,

Ballet-Pantomime-Féerie

EN QUATRE ACTES,

PAR M. AUMER,

PREMIER MAITRE DE BALLETS A L'OPÉRA,

MUSIQUE COMPOSÉE ET ARRANGÉE PAR M. HÉROLD.

REPRÉSENTÉ, POUR LA PREMIÈRE FOIS,
SUR LE THÉATRE DE L'ACADÉMIE ROYALE DE MUSIQUE,
LE LUNDI 27 AVRIL 1829.

PARIS.

BEZOU, BOULEVARD SAINT-MARTIN, N° 29,
Éditeur du Théâtre de M. Scribe;

ROULLET,
LIBRAIRE DE L'ACADÉMIE ROYALE DE MUSIQUE, RUE VILLEDOT, N° 9.

1829

PERSONNAGES.	ARTISTES.
ISEULT.	Mlle NOBLET.
LE DUC DE MONTFORT.	M. MÉROT.
GANNELOR, prince des îles noires.	M. MONTJOIE.
LA FÉE NABOTE.	Mme MONTESSU.
ARTHUR, 1er page de la princesse.	Mlle LEGALLOIS.
TIPHAINE, 1re d^{lle} d'honneur.	Mlle BROCARD, 1re.
LE SÉNÉCHAL.	M. SEURIOT.
LE MAITRE D'HOTEL.	M. CHATILLON.
UN MÉDECIN.	M. L'ENFANT 1er.
SON ASSISTANT.	M. LENOIR.
UN ASTROLOGUE.	M. ALERME.
DEUX DEVINS.	MM. BANSE, RAGAINE.
UN PHARMACIEN.	M. BÉGRAND.
SON ASSISTANT.	M. SCIO.

SUITE DE LA PRINCESSE.

Mlles Maillet, Tampier, Lebeau, Coupotte, Cava, Augusta.

PAGES.

Mlles Chavigny, Vagon, Proche, Ropiquet, Chanet, Tampier.

SUITE DE NABOTE.

Deux nains. MM. Gatineau, Paul.

MAURES.

MM. Grenier, Vincent, Millot, Provost.

IMPRIMERIE DE E. DUVERGER,
RUE DE VERNEUIL, N. 4.

DANSE.

ACTE PREMIER.

PAS DE TROIS.

M. Albert.

Mmes Noblet, Anatole.

PAS DE SIX ET FINALE.

MM. Lefebvre, Barrez.

Mmes Montessu, Legallois, Buron, Brocard 1re, Dupont.

CORPS DU BALLET.

SUITE DU DUC.

MM. Petit, L. Petit, Rivière, Isambert, Olivier, Saxoni 1.

Mmes Gosselin, Naderkor, Campan, Seuriot 2e, Lecler, Fitz-james 1re.

SUITE DU PRINCE.

MM. Elie, Ropiquet, Desplace, l'Enfant 2, Finard, Saxoni 2.

Mmes Croisette, Lacroix, Delaquit, Trottin, Saulnier, Bénard.

VILLAGEOIS ET VILLAGEOISES.

MM. Cornet, Mérante, Adnet, Richard, Carrez, Bretin.

Mmes Maisonneuve, Guichard, Pincepré, Fitzjames 2.

HÉRAUTS D'ARMES, SOLDATS, VALETS.

ACTE DEUXIÈME.

CENT ANS APRÈS.

PERSONNAGES.	ARTISTES.
LA MÈRE BOBI.	Mlle Elie.
GOMBAULT, son fils.	M. Godefroi.

MARGUERITTE, fille de Gombault. Mlle Dupuis.
LA FÉE NABOTE. Mme Montessu.
GÉRARD. M. Ferdinand.

MARCHANDS.

MM. Provost, Millot, Vincent, Alerme, l'Enfant 1er, Banse, Bégrand, Scio, Lenoir, Ragaine, Gosselin.

MARCHANDES.

Mmes Brocard, Roland, Monnet, Guilmain, Duvernay, Jacques.

CORPS DU BALLET.

VILLAGEOIS.

MM. Guichard, Grosneau, Martin, Péqueux, Chatillon, Gondouin, Cornet, Mérante, Carrez, Adnet, Richard, Bretin.

VILLAGEOISES.

Mmes Seuriot 1re, Daniel, Mori, Bassompierre, Lemonier, Marivin, Lebeau, Cava, Chavigny, Proche, Ropiquet, Augusta.

PAS DE DEUX.

M. Ferdinand, Mlle Dupuis.

PAS DE TROIS.

M. Paul, Mmes Montessu, Julia.

PAS DE SOLDATS ET FINALE.

MM. Simon, Petit, L. Petit, Elie, Rivière, Ropiquet, Isambert, Olivier, Desplace, l'Enfant 2, Finard, Saxoni 1, Saxoni 2.

VILLAGEOISES.

Mmes Roland, Seuriot 1, Daniel, Mori, Bassompierre, Lemonier, Lebeau, Cava, Augusta, Ropiquet, Chavigny, Puèche.

MUSICIENS, SOLDATS, etc.

ACTE TROISIÈME.

ESPRITS MALFAISANS.

MM. Petit, L. Petit, Élie, Rivière, Ropiquet, Desplace, Isambert, Finard, Olivier, l'Enfant 2, Saxoni 1, Saxoni 2.

MONSTRE VOLANT.

M. Romain.

NAÏADES.

Mlles Taglioni, Perceval, Louisa.

CORPS DU BALLET.

MM. Gosselin, Naderkor, Croisette, Lacroix, Seuriot 1, Kaniel, Mori, Bassompierre, Lemonier, Marivin, Campan, Delaquit, Trottin, Saulnier, Leler, Fitzjames 1, Seuriot 2, Bénard.

ACTE QUATRIÈME.

PERSONNAGES ENDORMIS.	ARTISTES.
ISEULT.	Mlle Noblet.
ARTHUR.	Mlle Legallois.
LA DEMOISELLE D'HONNEUR.	Mlle Brocard 1re.
LE MÉDECIN.	M. l'Enfant 1er.
SON ASSISTANT.	M. Lenoir.
UN ASTROLOGUE.	M. Alerme.
DEUX DEVINS.	MM. Banse, Ragaine.
LE SÉNÉCHAL.	M. Seuriot.
UN PHARMACIEN.	M. Bégrand.
SON ASSISTANT.	M. Scio.

FEMMES DE LA PRINCESSE.

Mmes Maillet, Tampier, Coupotte, Lebeau, Cava, Augusta.

PAGES.

Mmes Chanez, Jenny, Ropiquet, Puèche, Chavigny, Vagon.

LE MAITRE D'HOTEL.

M. Chatillon.

CUISINIERS, SOLDATS, VILLAGEOIS, VALETS.

APRÈS LE RÉVEIL.

PERSONNAGES.	ARTISTES.
GOMBAULT.	M. Godefroi.
LA MÈRE BOBI.	Mme Elie.
GÉRARD.	M. Ferdinand.
MARGUERITE.	Mlle Dupuis.
LA FÉE NABOTE.	Mme Montessu.
LE BON GÉNIE.	M. Fitzjames 3.

DANSEURES MATAQUINS.

MM. Capelle, Guiffard, Grosneau, Martin, Péqueux, Chatillon, Gondouin, Mérante, Cornet, Carrez, Adnet, Richard, Bretin.

SUITE DE LA PRINCESSE.

MM. Petit, L. Petit, Rivière, Isambert, Olivier, Saxoni 1.
Mmes Gosselin, Naderkor, Campan, Leclerc, Seuriot 2, Fitzjames.

SUITE DE LA FÉE NABOTE.

Mlles Elie, Ropiquet, Desplace, l'Enfant 2, Finard, Saxoni 2.

SUITE DU BON GÉNIE.

Mmes Seuriot 1re, Kaniel, Mori, Bassompierre, Lemonier, Croisette, Lacroix, Saulnier, Delaquit, Trottin, Fitzjames 1, Saulnier.

Enfans de l'École de danse.

LA BELLE
AU BOIS DORMANT,

BALLET-PANTOMIME-FÉERIE.

ACTE PREMIER.

DÉCORATION.

Le théâtre représente une salle gothique, portes vitrées au fond, à travers lesquelles on aperçoit un très beau jardin.
La chambre à coucher d'Iseult est à la droite du spectateur.

SCÈNE PREMIÈRE.

Au lever du rideau des pages et des valets disposent une table très richement décorée; de jeunes suivantes l'ornent de vases de fleurs. Arthur, premier page de la princesse, voit avec chagrin les préparatifs du banquet où l'on doit célébrer les fiançailles de sa maîtresse et de son rival.

Le sénéchal donne des ordres au maître-d'hôtel pour qu'il ne manque rien au repas. Pendant ce temps, les pages dansent et jouent avec les jeunes filles.

Des fanfares annoncent l'arrivée du duc, de la belle Iseult et du prince Gannelor.

Toute la cour les suit. Le sénéchal désigne les places aux convives ; Gannelor présente la main à sa fiancée, et se place à ses côtés.

Le duc préside le festin.

Arthur témoigne, à part, sa douleur. Ses yeux, qui rencontrent souvent ceux de la princesse, expriment combien ce mariage le désespère. Tiphaine, la jeune dame d'honneur, lui fait signe de prendre garde à lui et de modérer son chagrin. Tout en servant le duc et la princesse, il fait plusieurs gaucheries. Le duc le réprimande, et Iseult intercède pour lui. A cet instant, les portes vitrées du jardin s'ouvrent. Des laquais effrayés viennent annoncer l'arrivée d'un personnage important. On se lève de table.

SCENE II.

Les deux nains de la fée Nabote la précèdent.— Le duc reconnaît la marraine de sa fille, et se rappelle qu'il aurait dû l'inviter au repas des fiançailles ; il lui présente Iseult et son gendre.

La fée Nabote regarde la table, compte les convives et le nombre des couverts. Voyant que le sien n'est pas mis, et qu'on né l'attendait pas, elle s'indigne, et fait éclater sa colère. Toute la cour lui adresse des excuses : on se dérange, on se serre. Le duc lui fait une place à côté de lui ; mais rien ne désarme le courroux de la petite fée. Elle donne un coup de baguette; tous les mets et les fleurs sont transformés en reptiles vomissant des feux de diverses couleurs. Désespoir du maître-d'hôtel, qui voit son repas perdu. Frayeur de toute la cour. Joie et plaisir de Nabote, qui rit de toutes ses forces. Iseult va se réfugier près du beau page et se presse contre lui, mouvement qui est remarqué par la fée Nabote; mais satisfaite du tour qu'elle vient de jouer, elle fait signe qu'elle pardonne. La table rentre sous terre. Elle fait signe que le bal peut commencer.

DIVERTISSEMENT.

On vient inviter Iseult qui est assise à côté de sa marraine; celle-ci est fort scandalisée de ce qu'on ne lui a pas donné la préférence.

Après ce pas, d'autres se succèdent; d'autres danseurs viennent inviter les dames de la cour, et personne ne songe à la fée Nabote, qui reste seule assise avec le duc et Gannelor.

Sa colère, qu'elle ne peut déguiser, est extrême. Au moment où le bal est le plus animé, elle étend sa baguette, et tous les danseurs et danseuses qui formaient différens groupes se trouvent tous attachés à terre par un pied, et ne peuvent plus sortir de la place qu'ils occupent. Éclats de rire de la fée, qui s'amuse de leurs efforts. Elle va tous les regarder sous le nez, et se met à danser seule en tournant autour des différens groupes, qui la regardent sans pouvoir l'imiter. Enfin, fatiguée de danser sans part-

2

ner, elle touche de sa baguette un des danseurs
à droite, et lui rend sa liberté. — Pas de deux. —
Elle touche également un danseur à gauche, qui
forme avec elle un pas de trois ; et à la fin de ce pas
(sur le *crescendo* de l'air), elle fait un geste ; le
charme cesse ; tous les danseurs et danseuses partent
à la fois, et forment le final du divertissement.
Gannelor et le duc offrent la main à la fée pour la
conduire dans ses appartemens, et sortent avec elle
par le fond, tandis que la princesse et ses dames
d'honneur entrent dans la chambre à droite. Arthur
voudrait la suivre, et ne l'ose pas ; car un regard
de la princesse vient de le retenir. Tout le monde
s'éloigne, excepté Tiphaine, que le page arrête un instant par la main.

SCENE III.

Désespoir du page : Tiphaine essaie en vain de le
consoler. — De la prudence. — Je ne le peux, ce
soir elle va en épouser un autre ; je n'y survivrai
pas, je commettrai quelque folie qui vous compro-
mettra tous, si la princesse n'a pas pitié de moi...
— Que voulez-vous donc qu'elle fasse ?

SCENE IV.

La fée Nabote, qui paraît en ce moment dans le
jardin, se glisse derrière un des buffets de la salle à
manger, et écoute la conversation du page et de la

demoiselle d'honneur. — Il faut, dit Arthur, que tout à l'heure, dans cette salle, la princesse m'accorde un entretien d'un moment, ne fût-ce que pour lui faire mes adieux ; Tiphaine, je t'en conjure , obtiens cela pour moi. — Je vais essayer ; je n'en réponds pas. Si nous étions surpris , le duc est si sévère, Gannelor si cruel !... il y va de vos jours... — Que m'importe ?... la voir un instant et puis mourir après. En ce moment la fée Nabote, qui un instant avant a pris une prise de tabac dans la boîte de son petit nain, ne peut retenir un éternuement qui lui prend. Tiphaine effrayée se sauve dans la chambre à droite , et le page par le fond.

SCENE V.

La fée Nabote, seule, exprime sa joie et son bonheur ; elle se frotte les mains et saute de plaisir. Ce qu'elle vient d'entendre lui promet des méchancetés à faire.

SCENE VI.

LES PRÉCÉDENS, GANNELOR et le DUC.

Elle va au-devant d'eux, d'un air riant et joyeux: — J'ai d'excellentes nouvelles. — Qu'est-ce donc? — La princesse aime quelqu'un, et ce n'est pas vous! — Il serait possible ? — Ah! mon Dieu oui, vous êtes trahi ; c'est très amusant, et cela vous apprendra à me faire des impolitesses, et à ne pas m'inviter au repas des fiançailles. — C'est vous qui en êtes cause. — Non, c'est votre étoile, je n'y suis pour rien. — Je ne puis le croire encore. — Vous allez en avoir la preuve, car c'est ici tout à l'heure que doit avoir lieu le rendez-vous : tenez, regardez plutôt ; voici déjà votre rival qui arrive le premier. — Si je m'en croyais... — Non, modérez-vous ; il faut que vous voyez, que vous écoutiez tout ; d'abord pour en être sûr, et ensuite parce que cela m'amusera. » — Il fait nuit complète, elle force le duc et Gannelor à se retirer avec elle derrière la portière de la chambre à coucher de la princesse. Le page vient à un rendez-vous, dit Gannelor, mais ce ne peut être avec la princesse. — Tenez : si vous en doutez encore, la voici.

SCENE VII.

GANNELOR, LE DUC, et la FÉE NABOTE entre eux deux ; à droite ISEULT, et le PAGE à gauche.

Est-ce vous ? — Oui. — Vous voilà ! — Je suis toute tremblante. — Et moi, donc ! Vous me trahissez, vous en épousez un autre ! — Malgré moi, Arthur, car c'est vous seul que j'aime. — Fureur du duc et de Gannelor, et joie de Nabote, qui les retient toujours, les empêche d'éclater, les force d'écouter et se réjouit de leur fureur. — Scène d'amour des deux amans, serment de s'aimer toujours. —

Serment de la princesse de rompre ce mariage, de n'y jamais consentir, dût-elle périr. — Reconnaissance du page qui se jette à ses genoux, qui lui baise les mains. — Iseult veut forcer Arthur à se relever, elle tombe elle-même dans ses bras. — Gannelor n'y résiste plus, il s'élance vers les amans qui sont terrifiés à sa vue, et Nabote disparaît en battant des mains, et en poussant un cri de joie.

SCENE VIII.

Aux cris du duc et de Gannelor arrivent toutes les personnes de la cour; des hommes d'armes avec des flambeaux. — Gannelor donne l'ordre à ses soldats maures de saisir Arthur et de lui trancher la tête. — Iseult et toutes les femmes demandent en vain sa grace. — Le page s'échappe du milieu de ceux qui le retiennent, court aux genoux d'Iseult, lui baise la main et lui dit : Adieu, je vais mourir pour vous. — Les hommes d'armes l'arrachent d'auprès d'elle. — On lui attache les mains, on l'entraîne vers un coussin à droite; on le fait tomber à genoux, là tête courbée, et un soldat maure, levant une lourde hache d'armes, va lui en asséner un coup. — Iseult s'élance et arrête le bras suspendu. Grace pour lui! — Eh bien! dit Gannelor, j'y mets une condition, c'est que vous m'épouserez à l'instant même : — Oui, j'y consens; mais il aura la vie et la liberté. — Je la lui accorde. On relève Arthur, on détache ses fers : Tu es libre. — Désespoir et reproche du page, qui aime mieux la mort. Par l'ordre du duc et de Gannelor il est obligé de s'éloigner et de quitter le château.

SCENE IX.

Au moment où le page va sortir, on apporte, dans un coffre, les présens de Gannelor qu'il offre à la belle Iseult. Le duc donne des ordres au sénéchal pour le festin du soir.

Pendant ce temps, Arthur caché et protégé par le groupe des jeunes dames d'honneur, s'introduit furtivement dans le coffre que Tiphaine fait porter dans la chambre à coucher de la princesse.

A cet instant la fée Nabote, précédée de sa suite, paraît.

Cérémonie du mariage. — Des jeunes filles du village viennent féliciter la princesse. — Une petite fille de sept ou huit ans lui présente un bouquet. La princesse la remercie et lui passe au col une chaîne d'or, à laquelle tient son portrait. — La fée Nabote prend la bague de Gannelor, la met au doigt d'Iseult. Maintenant, dit celle-ci, j'ai tenu mes sermens, je suis à vous, je dois tenir ceux que j'ai faits à l'amour : elle se précipite sur le poignard que Gannelor porte à sa ceinture, et se frappe. — Tiphaine, qui est à côté d'elle, amortit le coup, mais elle n'en est pas moins dangereusement blessée. On l'emporte dans sa chambre à coucher.

SCENE X.

Le duc et Gannelor supplient la fée Nabote de lui rendre la vie, de l'empêcher de mourir.

SCENE XI.

LES PRÉCÉDENS, TIPHAINE, qui rentre.

Il n'y a plus d'espoir, elle n'a que quelques instans à vivre. — Nouvelles supplications du père et de l'époux. — Sauvez-la. — Vous le devez, car c'est vous qui êtes cause de tout. — Vous le voulez, dit Nabote, piquée de ce reproche, eh bien! elle vivra, mais vous, son père, et vous surtout, son époux, vous n'en serez pas plus avancés. — Ecoutez l'arrêt du destin que j'invoque et qui est irrévocable. Des nuages descendent en ce moment et couvrent la porte de l'appartement de la princesse. Du milieu de ces nuages qui s'écartent, sort un transparent sur lequel sont écrit ces mots : *Elle dormira pendant cent ans!* Au-dessous, paraît une autre inscription: *Celui qui la réveillera l'épousera, si d'une autre il n'est l'époux.* — Désespoir du duc, de Gannelor et de toute la cour.

Nabote disparaît sur un nuage en faisant éclater sa joie.

FIN DU PREMIER ACTE.

ACTE SECOND.

DÉCORATION.

Le théâtre représente une place publique garnie de boutiques. A gauche, la maison de la mère Bobi ; à droite, une tente pour les notables. Dans le fond, des collines.

SCÈNE PREMIÈRE.

Au lever du rideau, des marchands et des marchandes étalent leurs marchandises : c'est le jour de la foire et de la fête du village.

On entoure la mère Bobi, qui raconte qu'il y a cent ans..., elle était bien petite alors, elle a assisté au mariage d'une princesse qui lui a donné la chaîne d'or que voici, et son portrait qu'elle a toujours gardé ; que cette princesse, forcée de se marier à quelqu'un qu'elle n'aimait pas, s'est frappée d'un coup de poignard, et a été endormie, ainsi que toute sa cour, par le pouvoir d'une fée. Marguerite tremble à ce récit. La mère Bobi montre le château fort que l'on aperçoit dans le lointain, et dit que c'est celui de la Belle au Bois dormant. — Vraiment ! dit Gombault, que ce discours fait sortir de sa rêverie ; eh bien ! je veux y aller. — Mon fils, y penses-tu ? Il y a des lutins, des monstres, des dragons ailés, qui défendent l'en-

trée du château.—N'importe, je suis trop misérable.
Travailler toute la journée à la terre ou dans la forêt,
gagner à peine de quoi vous faire vivre, vous et cette
petite fille, autant mourir.—Mon fils!—Mon père!
je vous en conjure, ne sommes-nous pas assez riches?
— Non; je veux des trésors, je veux briller à mon
tour, je veux être le premier de ce village, et te marier
à quelque grand seigneur, à quelque prince.—Je n'en
demande pas tant, et je serai satisfaite à moins.

SCENE II.

LES PRÉCÉDENS, GÉRARD.

Il salue d'un air embarrassé la mère Bobi et Gombault, qui le reçoit assez rudement. Il passe près de
Marguerite, qui lui dit tout bas : Allons, du courage!
fais ta demande. Gérard, toujours tremblant et rou-
lant son chapeau dans sa main, se hasarde enfin à
demander à Gombault sa fille Marguerite en mariage.
—Joie de la mère Bobi; étonnement et mépris de
Gombault. — A toi, ma fille! es-tu prince, grand
seigneur? as-tu des vassaux..., de l'argent, de l'or?
—Non, je n'ai rien que mon amour et mes bras pour
travailler, pour la faire vivre et pour la presser sur
mon cœur.—Ah! tu n'as que ton amour? eh bien!
ma fille n'est pas pour toi. Bientôt je serai comblé
de richesses et d'honneurs et je choisirai qui je vou-
drai. Adieu, ma fille, adieu, ma mère; je réussirai
ou je succomberai.—Il prend son chapeau, s'arme

3

d'un bâton noueux ; mais avant son départ , il recommande à la mère Bobi de surveiller les amoureux , d'empêcher Gérard de parler à Marguerite , et menaçant celui-ci de son bâton : Si tu y penses encore , tu auras affaire à moi ! — Terreur de Gérard , qui s'éloigne tout tremblant, car il est amoureux et n'est pas brave. — Gombault disparaît sur la montagne du fond , en montrant de loin le château vers lequel il se dirige.

Au moment où il disparaît , les danses se forment au milieu du marché.

Gérard invite Marguerite ; la mère Bobi veut s'y opposer ; mais Marguerite répond : mon père n'a pas défendu de danser.

DIVERTISSEMENT.

Au moment le plus animé de la danse , la fée Nabote traverse la scène dans un petit char conduit par deux chevaux ailés ; des petits nains dirigent le char. La fée Nabote s'arrête au milieu du théâtre , et contemple d'un air de mauvaise humeur l'union et le bon accord qui règnent dans cette fête de village. Attendez, attendez, cela ne durera pas. Elle traverse le théâtre sans avoir été visible pour aucun des danseurs, et reparaît un instant après en petite marchande mercière. — Elle a un éventaire chargé de rubans, de souvenirs, de bijoux , etc. Elle en offre aux villageois et villageoises qui , à son aspect, ont quitté leurs danses, et sont venus se grouper autour d'elle. — Oh ! le

joli fichu ; est-il bien cher ? demandent toutes les
jeunes filles.—Oh! mon Dieu non, et celui-là je le
donne pour rien ; il appartiendra à la plus jolie. —
C'est moi, c'est moi! disent toutes les jeunes filles,
qui se précipitent sur le fichu, se l'arrachent et se le
disputent. Pendant ce temps, la fée Nabote s'approche à droite d'un groupe de jeunes gens, et leur
offre des rubans pour leurs bonnes amies. Gérard en
prend un qu'il destine à Marguerite ; mais, dans ce
moment, une jeune fille, qui passe près de lui, le
regarde et le lui demande. Gérard, qui est galant, le
lui donne, et en achète un autre. La fée laisse son
éventaire sur une table et va prendre Marguerite à
part, lui fait remarquer le ruban que Gérard a donné
à une autre ; et quand celui-ci vient lui en offrir un,
ce n'est pas celui-là qu'elle veut, c'est l'autre ; la jeune
fille refuse de s'en dessaisir. Dispute entre les deux
femmes, que Gérard essaie en vain de calmer.

Pendant ce temps, la fée Nabote fait remarquer
à un groupe de buveurs qui est à droite, que la
femme de l'un d'eux vient d'acheter et de donner un
souvenir à un jeune et beau soldat avec qui elle cause.
Le mari furieux, se lève et va lui chercher dispute.
—La fée Nabote va avertir deux femmes que leurs
maris sont à boire ; celles-ci arrivent près du groupe
des buveurs, leur font des reproches ; ils se fâchent,
lèvent la main sur leurs femmes ; des jeunes gens
prennent leur défense. En ce moment, toutes les
personnes du bal, qui ont chacune un sujet de dis-

pute, arrivent en se querellant. Trouble géréral.
Les soldats tirent leurs sabres, les garçons saisissent
leurs bâtons; un combat va avoir lieu; les femmes
effrayées veulent les arrêter, et la fée Nabote, dans
un coin, saute de joie et se frotte les mains en pen-
sant à tout le mal qu'elle vient de faire. On entend
un coup de tonnerre effroyable, qui suspend la dispute et fait fuir une partie des assistans.

SCENE III.

LES PRÉCÉDENS, GOMBAULT.

Il est pâle, en désordre. Ses habits sont déchirés,
son chapeau en lambeaux, son bâton brisé par la
moitié : il raconte qu'il a voulu pénétrer jusqu'au
château de la Belle au bois dormant; que des monstres effroyables se sont offerts à lui, l'ont saisi de
leurs griffes..... des géans énormes l'ont battu, et il
s'est enfui épouvanté. Il se retourne, et apercevant
les deux petits esclaves nègres de la fée Nabote, il
croit voir encore les monstres qui l'ont tant effrayé.
Il recule, et va tomber sur un banc. Gérard arrive
doucement auprès de lui, et cherche timidement à
reproduire sa demande. — Maintenant que vous
n'avez pas réussi, que vous êtes pauvre comme autrefois, que nous avons autant l'un que l'autre,
donnez-moi votre fille.—Colère de Gombault, mo-
dérée de temps en temps pas les douleurs que lui

causent les coups qu'il a reçus. — Ah! tu veux encore ma fille?—Oui, monsieur Gombault.—Eh bien! tu l'obtiendras si tu es plus heureux que moi, si tu parviens à entrer dans ce château, et à t'emparer des richesses qui y sont entassées.—Quoi! vous voulez... —Oui, mon garçon, sinon il ne faut plus y penser.— M'exposer aux géans, aux lutins, quand ils vous ont fait peur, à vous qui êtes plus gros et plus fort que moi!—N'importe, j'ai prononcé. Tâche d'en venir à bout, autrement tu ne seras pas mon gendre, et je donnerai ma fille à un autre.

Il rentre dans sa maison.

SCENE IV.

GÉRARD, seul.

Son désespoir; il adore Marguerite. Mais quand il se sera fait tuer pour elle, la belle avance!... un autre l'épousera. Il est vrai que s'il n'y va pas, un autre l'épousera aussi; et elle est si jolie! —Allons, du courage.... Pourquoi n'en aurais-je pas comme tout le monde?—Il s'excite, il s'anime.... Allons, partons... non, c'est plus fort que moi, mes genoux fléchissent, je tremble de tous mes membres. —C'est fini, je ne pourrai jamais. O mon bon ange! s'écrie-t-il en se jetant à genoux, donne-moi le courage qui me manque.

SCENE V.

GÉRARD, LA FÉE NABOTE, qui arrive près de lui
et lui frappe sur l'épaule.

Gérard, effrayé, se laisse tomber à terre; puis
lève la tête, et se rassure en voyant la fée qui rit et
se moque de lui. —Qu'as-tu donc à te désespérer?
—C'est que j'aime Marguerite.—Je le sais.—Et son
père ne veut me la donner que quand je serai entré
dans le château de la Belle au bois dormant. —Vraiment... toi!... Et en ce moment une idée maligne
semble sourire à la fée. — Ah! tu aimes Marguerite,
et tu veux réveiller la Belle au bois dormant! Eh bien!
pourquoi pas? pourquoi ne pas l'essayer? — C'est
que j'ai peur des lutins, des géans et des farfadets.
—Bah! *les esprits dont on nous fait peur, sont*
les meilleures gens du monde. — Témoin Gombault, qui a manqué d'être tué par eux; je n'irai
pas,... je n'oserai jamais. — Et si je te donne les
moyens de les mettre en fuite? —Vraiment! —
Tiens, prends ce cor enchanté. Toutes les fois
que tu trouveras un obstacle, tu n'auras qu'à en tirer
quelques sons, et tout disparaîtra. —A ce compte,
je n'ai donc plus besoin de courage?— Non, vraiment. — Ah! que je vous remercie. Vous êtes le
bon ange que j'invoquais partout. Il prend son
chapeau et une gourde de vin qu'il attache autour
de son col.

SCENE VI.

LES PRÉCÉDENS, **LA MÈRE BOBI, MARGUERITE,
GOMBAULT.**

Adieu père Gombault, adieu Marguerite. — Où
vas-tu ? — Au château de la Belle au bois dormant.
— Y pense-tu ? t'exposer à de pareils périls ? je ne le
souffrirai pas, dit Marguerite. — Te voilà bien brave !
lui dit Gombaud. — Bah ! lorsqu'on est amoureux,
est - ce que l'on fait attention au danger ! l'amour
donne du cœur ; et j'en ai, dit-il à part, en montrant
son cor enchanté. — Malgré les prières et les larmes
de Marguerite et de la mère Bobi, Gérard se décide
à partir.... puis il revient et demande à Gombault à
embrasser Marguerite. — Je te le permets, dit Gombault, car c'est la dernière fois que tu la vois. —
Larmes et sanglots de Marguerite, qui embrasse Gérard, lui donne sa ceinture pour écharpe, lui recommande de lui être fidèle et veut encore le retenir ;
tandis que la fée Nabote le tire de l'autre côté et
pour le faire arriver plus tôt à la foret enchantée le
fait monter sur un nuage qui l'emporte.

FIN DU DEUXIÈME ACTE.

ACTE TROISIÈME.

DÉCORATION.

Le théâtre représente une forêt que couvrent d'épaisses ténèbres. Le tonnerre gronde, et des éclairs sillonnent les nuages.

SCENE PREMIERE.

GÉRARD, seul.

Il arrive en tremblant, croyant à chaque pas rencontrer des ennemis; il se heurte contre un arbre et saisit son cor pour en jouer; mais il s'aperçoit de sa méprise et se traîne jusqu'à un banc de verdure, où il s'assied pour se reposer. Il prend sa gourde et boit pour se donner du cœur.... En ce moment il voit au-dessus de sa tête des dragons ailés qui vomissent des flammes; il se retourne et voit à sa gauche des lutins armés d'épées flamboyantes; il va pour prendre son cor, lorsqu'il sent qu'on lui saisit la main droite: c'est un énorme singe vert.— Gérard effrayé se lève et laisse le cor enchanté sur le banc où il s'était assis d'abord. En ce moment le théâtre se remplit d'esprits malfaisans, de monstres, de géans, de vampires. Ils lèvent sur Gérard leurs massues, leurs poignards, leurs serpens enflammés.

— Celui-ci veut retourner vers le banc pour repren-
dre son cor enchanté ; mais les lutins croisent leurs
épées flamboyantes et lui ferment toujours le passage. — On le poursuit. — Il s'enfuit, et en passant
près du banc il reprend vivement le cor dont il donne
plusieurs sons. — A ce bruit les génies malfaisans
s'éloignent peu à peu, malgré eux et comme repoussés
par un pouvoir supérieur ; enfin ils disparaissent,
tandis que Gérard sans les regarder et sans lever la
tête, sans s'apercevoir qu'ils n'y sont plus, reste
toujours à genoux et donne du cor de toutes ses
forces.

SCENE II.

Le théâtre change, et représente un paysage charmant au bord d'une
rivière. Une musique gracieuse se fait entendre, et Gérard, regardant autour de lui, est tout stupéfait du changement qui s'est opéré.

Dans le fond est le château de la Belle au bois
dormant, encore dans le lointain, mais cependant
bien plus rapproché qu'au commencement de l'acte ;
il est de l'autre côté du lac immense qui se présente
aux regards de Gérard. — Ce lac il faut le traverser,
ce qui n'est pas difficile car une barque est amarrée
au rivage. — Il va pour y monter, lorsque du sein
du fleuve s'élèvent des nymphes qui s'opposent à
son passage. Étonné, il recule, et de tous les
bosquets sortent d'autres nymphes qui l'entourent ;
une surtout attire son attention par ses poses et ses

pas voluptueux ; il s'arrête. — Il la suit des yeux ;
il veut courir sur ses pas. — Elle lui échappe. — Il la
cherche, et un instant après elle est à côté de lui.
— Elle l'entraîne sous le bosquet à gauche où d'autres
nymphes lui versent, dans une coupe d'or, un breu-
vage délicieux. — Séduit, égaré, c'en est fait de sa
raison, la nymphe est à ses genoux, l'enlace dans
ses bras, il va céder…. mais ses yeux tombent sur
l'écharpe qu'il a reçue de Marguerite, il saisit son
cor d'une main tandis qu'il met l'autre devant ses
yeux.

A ces sons redoutables toutes les nymphes s'en-
fuient. Gérard reste seul et court à la barque, la
détache du rivage et rame au milieu du lac. — Voyage
pendant lequel se déploient sous ses yeux les points
de vue le plus variés. Enfin, après une longue na-
vigation, il arrive au pied d'une haute colline sur le
sommet de laquelle on aperçoit en grand le château
illuminé : c'est celui de la Belle au bois dormant,
qu'on n'avait vu jusqu'ici que dans le lointain.

Joie de Gérard. — Il donne du cor. — La barque
s'arrête.

(LA TOILE TOMBE.)

FIN DU TROISIÈME ACTE.

ACTE QUATRIÈME.

SCENE PREMIERE.

DÉCORATION.

Le théâtre représente la chambre à coucher de la princesse, au moment où elle s'est endormie cent ans auparavant. — Iseult est sur son lit, à gauche du spectateur, et entourée de ses femmes différemment groupées. Un médecin lui tâte le pouls, un autre à droite écrit une ordonnance, tandis qu'un maître pharmacien prépare une potion, et qu'un astrologue et des devins consultent leur globe céleste et leur grimoire magique. — Plusieurs musiciens et musiciennes qui tâchaient par leurs accords d'adoucir ses souffrances, sont restés dans la position où ils étaient.

Par les trois portes du fond, qui sont ouvertes, on découvre l'intérieur du palais.

Devant les portes du fond, des soldats en faction; derrière eux et en dehors, d'autres ont croisé leur pique et ont empêché les gens du château d'avancer. Ceux-ci dorment également, mais dans l'attitude de gens qui cherchent à pénétrer dans l'appartement, ou à savoir ce qui s'y passe. — A droite, et près du

coffre dans lequel le page s'est caché, la jeune
fille d'honneur qui d'un air mystérieux pose sa main
dessus comme pour l'empêcher de s'ouvrir. — A
gauche la statue d'un génie, à droite un piédestal
sur lequel est placée une sphère. — Une musique
douce et mystérieuse anime ce tableau. — Tout à
coup plusieurs sons de cor se font entendre et Gérard paraît. Il entre par la porte du fond, à droite,

SCENE II.

LES PRÉCÉDENS, GERARD.

Sa terreur, son étonnement en contemplant ce
palais et ses habitans silencieux. Il salue respectueu-
sement les gardes qui sont à la porte, leur demande
la permission d'entrer; et, ne recevant point de ré-
ponse, il passe outre. — Il va regarder tous les différens personnages sous le nez et aperçoit le lit sur
lequel repose Iseult. — Son admiration et son res-
pect. Il n'ose en approcher et marche sur la pointe
du pied, tant il semble craindre de la réveiller. —
Mais le voilà enfin parvenu au but de son voyage :
grace à son cor enchanté, il a triomphé de tous les
obstacles; il a pénétré dans ce palais, il ne reste
plus qu'à désenchanter la princesse et tous ses gens.
Comment faire? comment s'y prendre? Il tire le
docteur par son habit, l'astrologue par sa barbe. —
S'approchant de la jeune fille d'honneur, il la trouve

jolie et ose lui donner un baiser. L'immobilité de tous ces personnages le désespère ; ne sachant à quel moyen avoir recours, il prend son cor, en tire plusieurs sons. — A ce bruit, tout le monde se réveille; la princesse se met sur son séant. — Le couvercle du coffre se soulève, Arthur se montre, mais la jeune demoiselle d'honneur le fait aussitôt rentrer et referme le couvercle. — Les gardes se promènent; l'on relève les sentinelles ; les musiciens reprennent leur morceau interrompu ; les gens du château entrent dans l'appartement.

Surprise et étonnement de la princesse.—Où suis-je ? qu'est-il arrivé ? — Ses femmes qui l'entourent lui parlent de sa blessure ; mais elle est guérie , elle ne ressent plus rien, il ne lui reste qu'un souvenir confus de ce qui s'est passé. — Dans ce moment elle aperçoit Gérard , qui s'est caché derrière la sphère de l'astrologue. — Il s'avance en saluant la princesse, qui l'interroge, et lui apprend qu'elle et toute sa suite étaient endormis depuis cent ans.— Cent ans! Il serait possible ? Nous serions aussi vieux ! — Et ce prince que je détestais, que je devais épouser?—Il est mort depuis bien long-temps. —Il serait possible !... Inquiète et surprise, elle regarde autour d'elle ; cherche des yeux Arthur , qu'elle n'aperçoit pas ; — Et lui aussi n'existe plus , je l'ai perdu. Pourquoi m'a-t-on rappelée à la vie ? Mais quel est ce bruit ? est-ce lui ?

SCENE III.

LES PRÉCÉDENS, TOUS LES HABITANS DES ENVIRONS,
GOMBAULT, MARGUERITE, BOBI.

La nouvelle s'est déjà répandue que l'enchante-
ment a cessé ; que la princesse est réveillée. — Ils
viennent tous complimenter leur ancienne souve-
raine, qui ne peut encore revenir de sa surprise et
qui n'ose les interroger... mais ses regards cherchent
toujours dans la foule ce beau page, l'unique objet
de ses pensées.—Gérard, qui a aperçu Marguerite,
court auprès d'elle ; tous deux se félicitent de se re-
trouver. Tu es donc venu à bout de cette entreprise,
lui dit Marguerite, c'est toi qui a réveillé la princesse ? — Oui, vraiment, dit Iseult. — Je vois que
vous vous aimez, et ne pouvant être heureuse, je
veux au moins que vous le soyez. Je me charge de
votre hymen, de votre fortune. — Si toutefois mes
parens y consentent, dit Marguerite, en regardant
Bobi et Gombault. Celui-ci est ravi, enchanté d'un
pareil mariage. Il a toujours aimé le petit Gérard ;
c'est lui que de tout temps il a regardé comme son
gendre. Aussi, il prend sa main, et va près de la
statue pour l'unir à Marguerite, lorsque la fée Nabote, sortant du piédestal, paraît entre les deux
amans. — Étonnement général.

SCENE IV.

Ah ! vous vous croyez mariés ! dit-elle, aux deux amans, c'est ce qui vous trompe ; ce n'est pas possible. Gérard doit épouser quelqu'un, mais ce n'est pas Marguerite. — Et qui donc, dit tout le monde avec surprise, qui ? — C'est Iseult. — Effroi et douleur de Gérard, de Marguerite, de Gombault et d'Iseult. — Oui, ma belle filleule, dit la fée à celle-ci, voyez plutôt l'oracle. — Elle s'approche du lit, et derrière un des rideaux qu'elle tire, on voit l'inscription du premier acte : —*Celui qui la réveillera l'épousera, si d'une autre il n'est l'époux.*

Elle montre avec sa béquille l'inscription, et leur dit : C'est l'arrêt du destin. Résignez-vous ! — Et la fée se frotte les mains de l'embarras où elle les a mis tous. — Iseult la supplie. Gérard et Marguerite se jettent à ses genoux ; tout est inutile. Il faut que la princesse se décide à épouser Gérard. — Eh bien ! dit celui-ci, que le désespoir met hors de lui, on ne peut pas me marier malgré moi, et je refuse.—Mouvement de joie de la princesse et de Marguerite. — Ah ! tu refuses ! dit la fée, eh bien ! montrant sur chaque côté du piédestal qui vient de s'entrouvrir deux figures qui y sont peintes ; je vais te changer en crapaud ou en singe vert. Choisis !...—Effroi de Gérard, qui tremble de tous ses membres.—Terreur

de Marguerite, qui court à lui en pleurant. — Oh
non! tu serais trop laid comme çà. J'aime encore
mieux que tu sois à une autre et que tu restes comme
tu es.— A la bonne heure, dit la fée. Te voilà dé-
cidé. Qu'on songe à la toilette de Gérard, dit-elle à
sa suite, moi je vais tout disposer pour le mariage.
(*Tout le monde sort.*)

SCENE V.

Iseult, qui est restée en scène, se jette sur un
fauteuil et se livre à son désespoir. Parens, amis,
elle a tout perdu.— Elle est seule sur la terre.—On
va l'unir à quelqu'un qui ne l'aime pas, tandis qu'elle-
même ne pense et ne rêve qu'à Arthur, que jamais
elle ne doit plus revoir.—En ce moment, un léger
bruit se fait entendre. Le couvercle du coffre se soulève, et Arthur paraît en lui faisant signe de la main
de garder le silence.

SCENE VI.

ISEULT, ARTHUR.

Pendant qu'Iseult a été regarder si personne ne
venait, Arthur est sorti du coffre et a couru près de
sa maîtresse. Ils sont dans les bras l'un de l'autre.
— C'est bien toi que je revois, que je te regarde
encore! Non, tu n'es pas changé, tu es toujours

comme autrefois !—Toi, toujours aussi belle ! — Il l'entraîne vers la glace, et la force à se regarder.—— Oui, malgré les cent ans qui viennent de s'écouler, dit Arthur, nous sommes toujours les mêmes ; nous sommes comme notre amour, toujours jeunes ! — Tu m'aimes donc? tu es tout pour moi? — Je n'ai que toi sur la terre, et rien ne pourra nous séparer. — Non, rien. — Vivre et mourir ensemble. — Tais-toi, c'est la méchante fée.

SCENE VII.

Arthur se cache derrière la sphère. Iseult est restée sur le devant de la scène, et aperçoit Gérard habillé en prince chinois que la fée Nabote amène par la main. —Voici, dit-elle, en lui montrant la princesse, celle que tu dois épouser ; mais avant le mariage, qui va se célébrer, il faut que tu lui fasses la cour ; ainsi, dépêche-toi.... Là, devant moi. — Embarras de la princesse et de Gérard sur lequel la fée lève toujours sa béquille. — Il se hasarde, en balbutiant, à faire à la princesse une déclaration que celle-ci n'écoute point, car ses regards sont toujours tournés à gauche du côté d'Arthur, qui est caché par la sphère. — En ce moment Gérard se retourne à droite et aperçoit Marguerite qui vient d'entrer et qui s'est cachée derrière le piédestal de la statue; mais la fée le gourmande toujours et le force à s'occuper d'Iseult dont il prend les mains en tremblant. — Eh bien ! dit la fée, va

5

donc ! continue ! embrasse cette main !—Je ne peux !
— Et pourquoi ? — Parce que vous êtes là ; on ne
peut se faire la cour devant le monde, et quand on
vous regarde. — A la bonne heure... Je m'en vais.
— Mais dépêchez-vous de vous aimer ; pense que
dans un quart d'heure je reviens ici pour votre mariage.

Elle sort.

SCENE VIII.

Iseult et Gérard restent un instant à côté l'un de
l'autre sans se rien dire, mais Iseult regarde à gauche
du côté d'Arthur, et Gérard regarde à droite du
côté de Marguerite. — Ils s'éloignent peu à peu l'un
de l'autre, tandis qu'Arthur et Marguerite appro-
chent chacun de leur côté. Bientôt chaque couple
est réuni ; et puis, se retournant, sont tout étonnés
de se trouver quatre où tout à l'heure ils n'étaient
que deux. — Mais se rejoignant vivement, ils con-
viennent tout quatre de se soutenir, de se défendre
mutuellement, de s'opposer au mariage qu'on pro-
jette, et de faire en sorte qu'Arthur et Gérard épou-
sent chacun celle qu'il aime. Mais comment ? par quel
moyen ? du courage, de l'adresse. Soyons au guet ;
prêts à saisir la moindre occasion.—En s'entendant
bien, on peut... Silence ! on revient.

SCENE IX.

LES PRÉCÉDENS, **LA FÉE**, TOUS LES GENS DU CHATÉAU.

Marche, préparatifs, cérémonie du mariage. — On vient de mettre sur la tête d'Iseult une coiffure ornée de plumes et de fleurs, et où est attaché un grand voile qui retombe jusqu'à ses pieds et la couvre entièrement. On apporte sur le devant du théâtre deux riches coussins en velours pour les époux. — La fée Nabote tenant la main d'Iseult et celle de Gérard, veut les unir. Mouvement d'effroi des mariés, effroi partagé par Marguerite et Arthur. — Tous les deux sont à gauche du spectateur et près de la princesse. Derrière eux les dames d'honneur d'Iseult. — Comment ! dit la fée à Gérard, tu hésites encore? Vite, donne-moi ton anneau que je le mette au doigt de ta fiancée. Un anneau ! dit Gérard, je n'en ai pas. Ainsi le mariage ne peut se faire. — Ah! ce n'est que cela! dit la fée.... attends, je vais t'en donner un. Là, dans cet écrin, et parmi les joyaux de la couronne, je trouverai bien ce qu'il te faut. — Elle va à la table à droite du spectateur, suivie de Gérard qui a l'air de lui dire : — Ne vous dérangez pas, ce n'est pas la peine. Elle ouvre l'écrin de la princesse, y cherche une bague qu'elle montre à Gérard. — Non, dit celui-ci, je n'en veux pas, elle est trop étroite. — Elle en prend une autre qui va à merveille. — C'est cela, voilà ce qu'il nous faut; et elle revient à la place qu'elle a quittée.

Mais pendant ce temps, et au moment où la fée s'éloignait, Arthur, qui était à gauche du spectateur, entre Iseult et Marguerite, a été frappé d'une idée soudaine. Il fait passer Marguerite à la place de la princesse, ôte à celle-ci sa coiffure de mariée et le voile qui la couvre, et, aidé des dames d'honneur de la princesse, il les place sur la tête de Marguerite, qui, au moment où la fée se retourne, tombe à genoux sur le coussin de velours, et, immobile, enveloppée dans son voile, ne fait aucun mouvement. — Tout cela a été exécuté sans bruit et rapidement, et sans que la fée Nabote ni Gérard lui-même s'en soit aperçu. La princesse est rentrée dans le groupe de ses femmes qui la dérobent aux regards de la fée. Allons, dit celle-ci à Gérard, procédons maintenant à la cérémonie du mariage. — Arrivé à ce moment fatal, et plus amoureux que jamais, Gérard hésite, il ne peut se décider. — Il retire sa main. — Colère de la fée qui le menace. — Effroi et impatience du page et de la princesse, et de Marguerite, qui entr'ouvre son voile de leur côté et qui semble dire: Voyez cet imbécile qui va me perdre par amour pour moi ! — Arthur passe de l'autre côté près de Gérard et le pousse du côté de sa fiancée, en lui di-

sant : Mais, vas donc, mais dépêche-toi!—Comment!
dit Gérard étonné, vous aussi!... Alors, puisque
vous l'exigez tous, m'arrivera ce qu'il pourra. Voici
ma main. — Il la donne à la fée Nabote qui l'unit
à celle de la personne voilée.—Tous deux tombent
à genoux et se prosternent, tandis que la fée appe-
lant à témoin toutes les intelligences célestes, déclare
qu'ils sont à jamais unis par elle, et que rien ne peut
rompre ce mariage. — Joie d'Arthur et de la princesse. — La fée relève les deux époux. Marguerite
entr'ouvre son voile. — Coup de théâtre général.—
Étonnement de Gérard qui se trouve uni à celle
qu'il aime. — Fureur de la fée qui se voit trompée
et qui aperçoit Arthur et Iseult dans les bras l'un
de l'autre, tandis que Gérard et Marguerite lui offrent
le même spectacle. — Furieuse, elle veut rompre le
mariage. — Mais Arthur et la princesse courent à
l'inscription près du lit : *Celui qui la réveillera*
l'épousera, si d'une autre il n'est l'époux. — Ils
lui montrent tous du doigt cette dernière ligne. —
Mais la fée, un instant confondue, soutient que c'est
une surprise, une trahison, qu'elle les punira tous
en les exterminant, et elle lève pour cela sa béquille
redoutable. — Mais en ce moment le tonnerre
gronde, *le théâtre change.* — Une rosace lumi-
neuse apparaît au fond comme un point impercep-
tible qui s'agrandit, augmente, s'approche, s'ent'rou-
vre et laisse voir une divinité supérieure à la fée

Nabote elle-même, l'Amour, qui brise la baguette de la fée et confirme le bonheur des quatre amans qu'il prend désormais sous sa protection. — Tableau final. — La toile tombe.

FIN DU BALLET.

THÉATRE

D'EUGÈNE SCRIBE.

———◆◆◆———

Cette entreprise se poursuit avec activité, et son succès prouve aux éditeurs qu'ils ont bien connu le goût du public; c'est en effet une heureuse idée d'avoir réuni en corps d'ouvrage une série de petits chefs-d'œuvre qui tous ont obtenu sur nos différens théâtres le plus brillant succès.

Six volumes sont en vente; ils contiennent cinquante et une pièces parmi lesquelles se trouvent : *le Mariage de Raison, l'Héritière, Simple Histoire, une Visite à Bedlam, Michel et Christine, la Somnambule, la Mansarde des Artistes, la Demoiselle à Marier, le Charlatanisme, Frontin mari garçon, la Dame blanche, la Vieille,* etc., etc., etc. Le septième volume, qui paraîtra le 15 mai, contiendra : *Avant, Pendant et Après, l'Ambassadeur, le Confident, le Bon Papa, Coraly, le Menteur véridique, la Chatte métamorphosée en femme,* etc., etc., etc.

. Les volumes suivans contiendront *Malvina, ou un Mariage d'inclination, le Diplomate, la Marraine, Valérie, le Mariage d'argent, Théobald, Madame de Saint-Agnès,* etc., etc.

PRIX DE CHAQUE VOLUME. . . . . . . 7 fr.

On souscrit :

CHEZ BEZOU, BOULEVARD SAINT-MARTIN, N° 29.
AIMÉ ANDRÉ, QUAI MALAQUAIS, N° 13.

www.ingramcontent.com/pod-product-compliance
Lightning Source LLC
Chambersburg PA
CBHW060844180626
46818CB00004B/1575